AF349627

STANCES SVR LA NAISSANCE DE MONSEIGNEVR LE DAVPHIN.

Par le Sieur de la Tour
Gentilhomme Prouençal.

A PARIS,

Chez PIERRE DAVID, sur le Pont neuf
deuant la Samaritaine.

M. DC. XXXVIII.

AV ROY.

Stre vn Mars parmi les
    Guerriers,
    Faire craindre son nom sur
la terre & sur l'onde
D'vn bras victorieux conquerir
    tout le monde,   (des lauriers.
Et ne marcher iamais qu'à l'ombre
    Ce n'est pas la plus haute marque,
    De l'estime d'vn grãd Monarque.
Ces fleurs n'ont de beauté qu'vn
    matin seulement,
Le sort qui ne cognoit, ny Prince
    ny couronne,
    Fait de la poudre en vn moment,
    De cét Esclat qui nous estonne.

LOVIS le bruit de ton Canon,
Ces dangereux combats & ces bel-
les victoires,
Que ta seule valeur graue dans
nos Histoires:
N'auroient pas le pouuoit d'eterni-
ser ton nom.
Ceste incomparable vaillance,
Qui ne cede qu'a ta Clemence.
Malgré tous nos effors periroit
quelque iour,
Et sans ton Heritier demain la
renommée:
Qui te fait Auiourd'huy la Cour,
Changeroitt a gloire en fumée.

Pense tu que le souuenir,
De tes soins importans, de ceste
  peine extreme,
Et de tant de haut faits sans cest
  autre toy mesme:
Peut iamais arriuer aux siecles
  à venir?
  Ie confesse bien que tes veilles,
  Ne produisent que des merueilles.
Mais l'âge iniurieux n'espargne
  point les Roys,
On conte dans nos iours tous les
  trauaux d'Hercule:
  (Luy qui fut si grand autrefois)
Comme vne chose ridicule,

A iij

Vn Prince regne sans douceur
Quoy qu'il ayt subiugué ce que la
mer enserre,
Et ne peut viure heureux Roy de
toute la terre,
Lors qu'il ne se voit pas vn fils pour
successeur:
Tu goustes ce charme sans cesse
Par le gage que ma PRIN-
CESSE
Rand à ta passion aussi bien qu'à
nos vœux.
Et le mesme ennemy qu'aprehen-
doit ta gloire,
Sollicitera nos nepueux:
De trauailler pour ta memoire.

Cherche encor de nouueaux plai-
  sirs,
Au sein de la beauté qui fit nai-
  stre ta flame,
Sont-ce pas ses beaux yeux qui
  blesserent ton ame,
Et qui doiuent borner desormais tes
  desirs ?
  Reserue le reste du monde,
  Au jeune bras qui te seconde :
Ie lis dans son berçeau ce qu'il doit
  faire vn iour
ô miracle inoüy ! cét Ange tutelere,
  A desia vaincu par amour
  Tous les Ennemis de son Pere.

Mais que sou Ayeul paroiſt bien
Aux traits que la Nature à peint
ſur ſon viſage,
GRAND HENRY, ce Heros
eſt ta viuante Image,
Et puis que nous l'auons nous ne
craignons plus rien.
Deſormais ces ſuperbes teſtes,
D'où naiſſoïet toutes nos tẽpeſtes.
N'auront plus le pouuoir de nous
faire du mal,
Ie voy ſortir la paix d'où ſortoient
nos ſouffrances:
Ce nõ de DAVPHIN eſt fatal
A toutes les autres puiſſances.

LOVIS n'en fois pas eftonné
Il faloit vn *DAVPHIN* pour
  contenter l'Oracle:
Encor a t'il falu pour former ce
  miracle,
Que le Ciel ayt repris ce qu'il t'a-
  uoit donné.
    Et que ne peut-on pas predire
    Pour le bon-heur de fon Empire,
Apres auoir receu de fi cheres fa-
  ueurs,
Il te doit bien ceder l'honneur d'vne
  victoire:
    Mais s'il faut conquerir des
      Cœurs
    Tu luy dois ceder cefte gloire.

C'est luy seul qui peut iustement,
Faire que tes exploits morguent les
    Destinees,
Qui tout petit Enfant asseure tes
    annees:
Et rend à tes vertus leur dernier
    ornement.

C'est luy qui tout foiblet encore
Fait que toute la terre adore,
Au seul bruit de son nom sa futu-
    re Grandeur,
Qui mesme dans ses yeux les plus
    beaux yeux du monde,
Tesmoigne une secrete ardeur
Qui n'aura iamais de seconde.

Loin de nous oragés mutins
Que mille vains soubçons esleuoiēt
   dans la France,
Vous ne pouuez plus rien toute
   voſtre puiſſance:
Ne ſçauroit esbranler de ſi fermes
   deſtins.

   Que nos yeux loin de vos alarmes
   Ne verſent iamais plus de larmes.
Si l'extreme plaiſir ne les vient ex-
   citer,   (ceſte auanture,
LOVIS ce doux moment qui fiſt
   Se peut dire ſans te flater,
   Le plus beau coup de la Nature.

LA TOVR